ELES
CONTOS

[2ª EDIÇÃO REVISADA]

ELES
CONTOS

[2ª EDIÇÃO REVISADA]

malê

Copyright © 2019 Editora Malê Todos os direitos reservados.
ISBN 978-85-92736-41-5

Capa: Bruno Pimentel Francisco
Editoração: Agnaldo Ferreira
Projeto editorial: Vagner Amaro
Revisão: Léia Coelho

Texto revisado segundo o novo Acordo Ortográfico da Língua Portuguesa.
Proibida a reprodução, no todo, ou em parte, através de quaisquer meios.
Dados internacionais de catalogação na publicação (CIP) Vagner Amaro
CRB-7/5224

A485e Amaro, Vagner
        Eles: contos / Vagner Amaro. – Rio de Janeiro:
Malê, 2019.
        90 p.; 21 cm.
        ISBN 978-85-92736-41-5

1.   Contos brasileiros II. Título
                                            CDD – B869.301

Índice para catálogo sistemático: Contos brasileiros B869.301

Todos os direitos reservados à Malê Editora e Produtora Cultural Ltda.
www.editoramale.com.br
contato@editoramale.com.br

VAGNER AMARO

ELES
CONTOS

[2ª EDIÇÃO REVISADA]

malê

"Que milagre é o homem?
Que sonho, que sombra?
Mas existe o homem?"

Carlos Drummond de Andrade
(Especulações em torno da palavra homem).

SUMÁRIO

1. O PERFUME DE OLAVO 9
2. JANJÃO 15
3. ELES 23
4. DANÇA 31
5. CHAMAS 41
6. ELA DESATINOU 51
7. MIRAGEM 61
8. A FESTA 67
9. ERETO 75
10. JONAS E CHICO 83

O PERFUME DE OLAVO

Cansada. Era como Luzia se sentia enquanto preparava as bolinhas de brigadeiro para a festa do seu do meio. Era tão importante que nada faltasse a ele, assim como para os outros dois. Três crianças e ela, desde que Fernando seguiu não se sabe para onde. A dor que sentiu estava tão dentro, que ela não conseguia mostrar para ninguém. Ainda tentou, logo na manhã seguinte, depois que ele partira. Desnorteada, foi até a casa da mãe, precisava de apoio, precisava de colo e de palavras que dentro de si pareciam ausentes. Disse pouco. A mãe, cúmplice dos territórios de sofrimento que mulheres percorrem quando desejam manter um casamento, apenas disse-lhe que algo ela devia ter feito, que não foi sábia para manter o marido, disse que não tinha como ajudar, que já tinha muitos problemas, que já bastava o irmão com 25 anos que não tomava um rumo na vida, que "engravidou umazinha da rua", que ... Lágrimas ainda a visitavam quando aquele retrato preso à parede úmida de sua memória ocupava seus olhos, *não se casa pra isso*. Mas não poderia fraquejar, faria dos três meninos homens honrados, sem ajuda de ninguém, bastava pensar menos e seguir vivendo.

O sol demorava a se pôr; raios entravam pelo basculante. Os docinhos de amendoim sobre a mesa ganhavam uma coloração dourada. A cozinha ficava mais quente com o bolo assando no forno, o cheiro do bolo tomava conta do ambiente. Quando encontrou aquele apartamento não parecia tão quente, *a vida não parece tão sufocante quando se está apaixonada*. Logo os convidados iriam chegar, alguns vizinhos brincavam na praça do condomínio, gritavam, corriam e suavam; excitados, esperavam a festa; alguns homens tomavam cerveja e ouviam uma música que ela lembrava de um dia ter gostado, um dia ter cantado. *Como era a sua voz? Que cor tinha?*

As crianças estavam demorando, tinham ido buscar apenas uns refrigerantes para completar com os que já havia comprado, *a venda é logo ali*. Fritar pastéis também tornava o ambiente mais quente, mas seus pastéis sempre faziam sucesso nas festinhas do condomínio – pensou com leve sorriso na alma, *juninas, aniversários, páscoa...* Não se sentia tão sozinha ali, primeiro andar, via os vizinhos passando pela sua janela que ficava de frente para a praça do condomínio; as paredes eram estreitas, sempre havia barulho, brigas de casal, gemidos de prazer, gritaria das crianças jogando futebol, homens bebendo na praça; alguns passaram a olhar para ela com desejo desde que Fernando... E as mulheres, a olhar com medo. Não queria roubar homem de ninguém. *Cadê essas crianças?! A venda é logo ali!* Começava a colocar a cobertura de chocolate no bolo, tudo sozinha, ninguém pra ajudar. *Melhor!* Não se metiam na sua vida assim. A única pessoa que ainda permitia visitar a concha em que se meteu, após a separação, era seu Olavo. Ele cuidava das crianças quando ela não podia, quando a creche estava fechada, quando a mãe repetia o não de quase sempre para seus pedidos de ajuda. Aposentado, afastado da família, para ele era uma diversão estar com os meninos; presenteou o Guilherme, o seu do meio, com um celular de brinquedo. *Sempre tão perfumado*; se ela tivesse tido um pai de verdade e não aquele traste que a mãe arrumou, gostaria que fosse como o seu Olavo.

O som na praça parecia aumentar conforme a noite se aproximava; as vozes masculinas se tornavam mais graves, mais lentas, mais altas; em alguns momentos parecia até mesmo briga; o coração apertava quando havia essas algazarras de homens, lembrava do dia que teve tiro. As crianças não voltavam, resolveu ir buscar.

No caminho, os homens da praça fizeram gracejos, sabia que eles participariam da festa, as esposas sempre os levavam, mesmo bêbados; queria mesmo uma festa apenas para crianças. Tentava não se mostrar preocupada, mas estava já um tanto zonza, *Meus filhos, meu Deus!* Avistou de longe os três, cabeças baixas, bateu no mais velho, doía na própria pele, *já não tinham pai.* Perderam o dinheiro, ficaram com medo de voltar.

Voltou com eles, chorando em silêncio, não queria que os meninos tivessem medo da própria mãe; no caminho, a praça, barulho de garrafas quebradas, gritos roucos, paus grossos nas mãos dos homens, empunhados no ar, pareciam tochas. "Mata! Mata! Vai dar em outro lugar!" Socos, chutes, sangue! Não sabia o que fazer, abraçou seus filhos, filhos do homem que os abandonou. Outros homens sorriam diante do triste espetáculo, as esposas, cúmplices e delirantes, sorriam vitoriosas, não queriam criar os filhos perto daquelas aberrações, *poderiam ser seus avós! Não poderiam ser, não poderia haver.*

Luzia não sabia como fora parar ali com os três, tão perto da confusão. Guilherme escapuliu do seu abraço e entrou no meio das agressões, queria abraçar vô Olavo, queria agradecer o presente, oferecer refrigerante, fazer alguma coisa. Foi jogado para o lado por um empurrão do vizinho alto e barrigudo do 303; rolou no chão, arranhou as pernas, chorava também. Seu Olavo e o seu namorado, ainda mais idoso que ele, apenas recebiam os chutes, socos e pauladas. Não reagiam, era como se tivessem vergonha da situação e medo de chorar, grunhir, gemer, reagir como todo animal reage diante da dor. Jaime, casado por 35 anos com Olavo, urinou por toda a calça, já parecia morto, um pedaço de carne exposto no chão quente de cimento. O cheiro de cerveja, sangue, mijo, bafo e suor tomava conta.

Trêmula, mas inerte, não sabia se abraçando os seus dois filhos ou sendo abraçada por eles, Luzia ainda percebeu um sorriso faminto de desejo para ela, vindo de um dos homens com uma garrafa de cerveja nas mãos. Incrédula, virou o rosto, levando seu olhar para o encontro do olhar de seu Olavo, que, agonizante, parecia, de alguma forma, lhe pedir desculpa, por estragar a festa do seu filho.

JANJÃO

Se havia algo de que seu Marcelo se orgulhava era da formação dos seus filhos, Ana Lúcia, a mais velha, era enfermeira, vivia em outro estado com o marido e os quatro filhos adolescentes. Janjão, que era como chamavam o bem mais novo, havia entrado para a Polícia Militar, passara no concurso logo depois de completar 20 anos, e já havia alguns meses estava nas ruas, combatendo os bandidos, cuidando dos homens e das mulheres de bem.

Maria Fernanda, a esposa, vivia preocupada, não concordava, sabia da influência do pai na escolha do seu caçula, na escolha do seu pequeno por uma profissão tão perigosa. Murmurava sozinha pelos cantos da casa que vivia com o coração aos solavancos, sempre na expectativa da pior notícia, "um menino tão bonito, tão bem cuidado, merecia melhor destino".

Nas tardes ensolaradas e abafadas daquele bairro de subúrbio, enquanto seu Marcelo juntava-se aos velhos amigos, na calçada de casa, para ocupar o tanto de tempo que a vida lhe oferecia e que, sem saber, lhe causava angústia e medo, era uma vibração ver seu filho sair fardado de casa.

Janjão, apelido que deu para Antônio Carlos desde que nasceu, trouxe para seu Marcelo um vigor que só as paternidades tardias podem trazer. Antes da chegada do menino, andava pela casa sempre ansioso e irritado, sem saber o que fazer com o que lhe restava de vida. O relacionamento com Maria Helena se acomodara em mútuas prestações de serviços; um cuidava do outro, de modo automático, sem nem mesmo pensar sobre o porquê de ainda estarem juntos e se cuidarem. Talvez por hábito ou preguiça, seguiam, já que a vida não lhes oferecia outra possibilidade para quebrar aquele elo. Maria Helena segredava às poucas amigas, "nunca fui apaixonada, nunca foi paixão".

Seu Marcelo perdia-se em frente ao espelho do banheiro a observar os desenhos novos da calvície em sua cabeça e a tonalidade grisalha que se ampliava ao que lhe restava de cabelo; logo abaixo do queixo, uma bolsa se formava, um papo. Seus olhos esbugalhavam; as constantes bebedeiras deixavam seu rosto com um inchaço permanente e os olhos sempre vermelhos; se não gozasse da estabilidade dos servidores públicos, teria sido demitido por falta, descompromisso, desânimo e atrasos.

Conforme foi passando pelo tempo, o que era desejo de buscar outras mulheres, outras maciezas e outras fragrâncias, tornou-se preguiça e, assim, quando o instinto lhe induzia a um relaxamento, era com a esposa que se resolvia, e um cuidava do outro também nesses momentos.

Estava em casa quando lhe gritaram que Maria Helena havia desmaiado no mercadinho da esquina, e, enquanto caminhava a passos apressados para socorrer sua esposa, seu Marcelo pensou, com uma esperança confusa e certa culpa, *Ela partindo dou uma reviravolta nesta vida!*, mas logo em seguida o pensamento encontrou um trilho, *sem minha companheira não saberia viver, vagaria pela vida sendo metade.*

No hospital, soube que uma vida pulsava dentro do corpo calejado da sua esposa. *Como a vida muda.* Ao saber da gravidez, mesmo com todas as recomendações dos médicos sobre os riscos, seu Marcelo foi tomado por uma energia rejuvenescedora.

Nos meses seguintes, o casal encontrou um ponto vibrante de equilíbrio na vida, os planejamentos para receber o rebento instauraram um tempo de pleno afeto entre os dois; seu Marcelo era só certezas, amava aquela mulher que carregava seu filho, que o fez renascer. O casal passou a fazer reformas infindáveis na casa, a receber parentes e amigos em animados almoços aos domingos, em que narravam os tantos planos e demonstravam toda a sustância que formava a bolha de afeto em que passaram a viver desde o anúncio da gravidez.

Janjão nasceu grande, forte e animado. Surpreendeu a todos, pois em menos de dois anos, sem estímulos, começou a falar, assim como a andar. *Este menino é uma potência*, pensava o pai, com orgulho. Cuidou de preparar o menino para todas as batalhas da vida, das brigas com as outras crianças, as espertezas infantis, "tem que ser esperto, não pode bobear, dar mole para os manés".

Janjão, adulto, no elo de amor e parceria que tinha com o pai, às vezes se pegava lembrando de quando o Mais Velho – assim o chamava – lhe ensinara a andar de bicicleta, soltar pipas, chutar a bola com os lados dos pés, e de bico, quando quisesse que o chute fosse mais forte; lembrava-se das camisas ganhadas do mesmo time de futebol do pai, lembrava-se também de, com o pai, aprender a assobiar, tocar violão, azarar as mulheres, e de que, até mesmo no momento em que perdera sua virgindade, o Mais Velho estivera presente, levando o filho aos poucos bares de meninas que resistiam no bairro.

Lembrava de uma tarde, no campo de futebol, quando jogava com os amigos e fez um gol muito especial, um gol impossível de explicar, a alegria que percebeu no rosto do pai; era como se ele mesmo, seu Marcelo, tivesse chutado a bola. Os sinais estavam sempre abertos para Janjão e era seu Marcelo que os abria, quem mantinha as pistas da vida sempre sem bloqueios para a passagem do filho.

Certa vez, seu Marcelo esbofeteou um professor que criticou as atitudes do seu filho. "Ninguém fala mal do meu filho", Maria Helena reprovou, "O menino precisa de limites, como se tornará um homem assim? E as responsabilidades?" Quando Janjão chegava em casa com a roupa rasgada e com marcas de briga, a mãe ralhava e o pai, em silêncio, gozava.

Naquela tarde ensolarada daquele bairro monótono de subúrbio, quando Janjão saiu para mais um dia de trabalho, uma satisfação percorreu todo o corpo de seu Marcelo, a ponto de ele não perceber que, nos últimos dias, o filho andava mais preocupado que de costume. A 'pista' andava pesada e o dono das ruas parecia ter esquecido do jovem policial. Um dia, enquanto vestia sua farda para ir trabalhar, o colar de Exu, que carregava no pescoço, se desfez, como se arrancado. As contas se espalharam pelo chão, algumas indo se esconder embaixo dos móveis. Maria Helena, embora fosse cristã, recolheu todas as peças e colocou-as em um pote, *com essas coisas não se brinca, esse menino tem andado muito esquisito*. O que a mãe não sabia é que, dias antes, uma bala havia acertado de raspão no braço de Janjão, que escondia o curativo dos pais, não podia preocupá-los, *a má fase vai passar*.

O que Janjão também não conseguia contar ao seu pai é que dormir tornara-se um martírio, passou a acordar assustado, era como se alguém tocasse na sua barriga enquanto dormia, outras vezes, era como se grandes olhos de menino o observassem; ouvia vozes de criança chorando pelo quarto. Em alguns sonhos, se via dentro da cena que tentava com todas as suas forças esquecer: entre ele e os bandidos, sob a troca de muitos tiros, um menino passa correndo, o menino cai no meio da rua, o menino grita e uma poça de sangue se forma ao redor de seu corpo magro, preto e pequeno.

"Ele estava armado", estas foram as palavras ditas por um cabisbaixo Janjão; outros policiais concordaram; os repórteres, dias depois, esqueceram o caso, os pais de Janjão não comentaram, o seu nome não aparecera nas matérias dos jornais, mas este silêncio o consumia; a vida, tão cedo, lhe dera uma rasteira, não imaginava que matar o atormentaria, mas já na primeira morte encontrava-se assim, atordoado e sem conseguir dividir seu espanto com o pai, seu herói, seu grande parceiro.

Passou pelo pai e pelos amigos que bebiam na calçada, bebeu um gole da cerveja que esquentava na mão do Mais Velho. Alguns meninos jogavam futebol na rua; olhavam para ele com admiração e medo. Ao olhar para o chão, perto dos pés de seu Marcelo, um jornal, já um tanto amassado, estampava uma foto sua ao lado da foto de um menino negro e muito magro, morto. Cuidado com a bola! Gritou um dos meninos, ao ver a bola na direção do policial. Chute de bico, forte, mas sem direção. Janjão, com destreza, equilibra a bola nos pés e a devolve em um belo passe para o menino que, mais distante, o olhava impaciente. Seu Marcelo sorri. Janjão entra na viatura e segue para mais uma jornada.

ELES

A areia estava molhada da chuva, meus pés afundavam, gelados. Meu pai, compenetrado, segurava firme na minha mão esquerda, enquanto Luan, menos sério, segurava a mão direita. Caminhávamos em direção ao mar, fazia frio, chuviscava e ventava fraco. No céu, de quando em quando, apesar do cinza, uma claridade surgia entre as nuvens, que se moviam lentas. Podia sentir a temperatura do meu pai pelas suas mãos, ele estava sempre quente. Os dois, ele e Luan, andavam bem devagar para acompanhar meus passos curtos de menino. Eu ficava em silêncio, um pouco por estar maravilhado com aquela paisagem, um pouco por perceber que eles também estavam em silêncio, cada um pensando em coisas que me pareciam importantes e felizes; então, entendi que também deveria ficar quieto.

Quando minha mãe falou que eu passaria uns dias com meu pai, tive um pouquinho de medo; embora tudo fosse festa ao lado dele, pensava se ele saberia lavar meu uniforme, fazer meu chocolate e os bolos que minha mãe fazia. Sabia tão pouco dele, não lembrava mais do tempo em que ele vivia com a gente. Queria tanto lembrar, mas não conseguia. Me esforçava, a primeira imagem que vinha a minha mente era do meu pai chegando, forte, elegante e perfumado para me buscar para mais um passeio; sempre era bom estar com ele, sempre era festa, a alegria era tanta que chegava a cansar por instantes, para, logo em seguida, nosso encontro requerer mais e mais alegria. Ele estava sempre sozinho; às vezes nos levava à casa da Vó Tiana, que nos preparava sopas e pães em formatos engraçados; uma vez ela fez um pão em formato de avião; eu não sabia se comia ou se brincava, ou se comia brincando. A casa da Vó era bem distante. Embora eu gostasse de ir vê-la, também me preocupava, pois gastava todo o dia, um dia que eu sonhava poder ser longo. Eles sempre se afastavam de mim e conversavam baixo coisas que eu não poderia ouvir, coisas dos adultos, coisa que eu nem sonhava em ser.

Minha mãe andava irritada nos últimos meses, vivia reclamando, brigando comigo, me dando presentes que eu nem pedia, brigando mais e mais comigo; às vezes, deitava para ver televisão e logo dormia, me dava presentes mas não brincava mais comigo; então, quando ela me contou que eu passaria um tempo com o meu pai, tive um pouquinho de medo, mas também achei que daria um pouco de descanso para ela. Além disso, ela me contou, como quem conta algo que era irritante, mas que pra mim pareceu divertido, "Seu pai agora inventou de morar na praia". "Morar na praia? Dentro do mar? Uma casa na areia, como nos filmes? Sozinho?" *Tenho que ir morar um pouquinho com ele também.* Depois que ela me contou que eu me mudaria, corri para o meu quarto e fui colocando minhas roupas em uma sacola, juntando meus brinquedos em outra, "Uma casa na praia!". Ao me ver fazendo as malas, minha mãe caiu em uma gargalhada como havia muito eu não via, tive vergonha, mas segui cuidando das minhas bagagens, *como nos filmes!*

Os dias demoravam a passar enquanto eu esperava que ele viesse me buscar. Fui perdendo a vontade de ir à escola, de ver televisão, de ler, de brincar... Queria que chegasse logo. Até que, em uma manhã fria e de chuva, senti meu pai me pegando no quarto, eu ainda enrolado no cobertor, me levando para o carro. Dentro do carro, um Tio que eu nunca tinha visto. "Luan" – disse meu pai – "aperta a mão do Tio". Voltei a dormir e quando acordei já estava em frente à casa. Era uma casa linda, de madeira pintada de branco. Na entrada havia uma escada, também de madeira, que dava vontade de ficar brincando, subindo e descendo, descendo e subindo. Mas subimos apenas uma vez, fugindo da chuva.

A casa tinha uma sala grande, que dava para ver o céu; as janelas também eram grandes e dava para ver a praia. Luan apareceu com uma bola, animado, perguntando se eu gostava de jogar futebol (eu não gostava), mostrou umas raquetes, mas eu não quis jogar também, então ele fez cócegas na minha barriga, da mesma forma que meu pai fazia; tentei não rir, mas me encolhi e ri até cair no chão, *Onde ele dormiria? Será que tem um quarto pra ele também?*

Da cozinha veio um cheiro gostoso de peixe, *Meu pai cozinhava...*, ele ficava tão bonito com um avental, cozinhando, *Quando eu crescer eu quero ter um braço tão forte quanto o do meu pai, as pernas grossas também, e quero ser alto como ele.* Luan trouxe uns chinelos de coelho e me chamou para conhecer todos os espaços daquela casa, como era bonita a casa do meu pai, bem maior que a da minha mãe, *bem que ela poderia estar aqui.* Como a chuva, mesmo que fraca, não parava, Luan nos convenceu de irmos andar na areia e "quem sabe mergulhar na água gelada", ele era tão animado! Meu pai sorria para ele de um jeito calmo, Eles pareciam grandes amigos.

Colocaram uma capa de chuva amarela em mim, Eles não se protegeram, também queria estar como Eles, sem capa, mas meu pai insistiu para que eu vestisse, disse que se eu colocasse a capa, mais tarde, à noite, iríamos pescar, "Pescar!". Descemos a escada de madeira; a areia estava molhada da chuva, meus pés afundavam, gelados. Caminhamos em direção ao mar, a espuma que se formava na beira do mar dava vontade de beber, de tão bonita. Quando alguns raios de sol rompiam as nuvens, que se movimentavam agitadas e clareavam os cabelos do meu pai, dava para ver toda a sua beleza, ele sempre parecia estar em paz, mas ali, na praia ao nosso lado, ele parecia um anjo. Em alguns momentos, Eles se olhavam e sorriam com o olhar, teve uma hora que Luan me pegou e me levantou até perto do céu, e me rodou, eu ria sem fim, meu pai jogou areia em nós, então começamos a empurrar uns aos outros no chão, Eles rolaram na areia, parecia briga, mas era brincadeira porque todos riam, até que meu pai pegou Luan no colo e o jogou na água gelada do mar, fiquei com medo de ele fazer o mesmo comigo e comecei a chorar. Então, Ele veio em minha direção e me abraçou grande, me levantou no abraço, e, embora chovesse frio, seu abraço era como uma casa quente, não queria sair dali de dentro do abraço, *podia não acabar*.

Voltamos pra casa, tomamos banho quente, e almoçamos ouvindo as músicas de que Eles gostavam, e eu, mais tarde, aprenderia a gostar. Era tudo tão azul dentro daquela casa, diferente do marrom dos dias com a minha mãe. Meu pai explicou que eu ficaria com ele por muito e muito tempo, "E a minha mãe? Quem vai cuidar dela?", explicou que minha mãe estava reorganizando a vida. Depois do almoço, ficamos brincando dentro de casa, até que eu dormi.

Quando acordei, meu quarto estava escuro, a porta estava aberta. Não mais chovia. Na sala, sentado no sofá e olhando para a janela, Ele, de olhos abertos, parecia dormir, de tão parado. Pela janela dava para ver o céu cheio de estrelas, pareciam tão grandes, brilhavam, e uma lua, também grande, iluminava tudo. A música estava baixa e o cheiro de mar parecia sólido. O vento fazia as cortinas dançarem no ar. Me aproximei e sentei em silêncio ao seu lado, Ele demorou a perceber, mas logo ao me sentir perto, jogou o braço sobre meus ombros pequenos, sua mão enorme estava quente e o olhar não tinha mais o sorriso que o acompanhara durante todo o dia, ele me olhou calmo, sorriu, mas triste, "Quer comer alguma coisa?".

Luan não estava mais na casa, eu não sabia se ele voltaria, não quis perguntar. Apenas me recostei sobre o seu colo, enquanto ele acariciou minha cabeça, meus cabelos tão pretos quanto os dele, o polegar fazia leves movimentos de idas e vindas, eu me sentia quieto dentro do peito. Por instantes, as cenas do dia foram passando pelos meus olhos, a chuva, a areia, o mar, as brincadeiras, a música, o calor da vida.

Durante os anos seguintes, ficamos os dois vivendo na casa da praia. Com o tempo, eu que passei a cozinhar para ele, e também a fazer os pequenos reparos necessários na casa. Minha mãe, às vezes, surgia com seu novo marido e meus novos irmãos. Outras casas foram sendo construídas perto da nossa. Meu pai, naquela casa, sempre sozinho, e nunca mais aquele sorriso, daquela tarde, o visitou.

DANÇA

Entrou na padaria. Estava com fome e cansado de andar. *Um pão na chapa e um café pode me ajudar a ganhar um pouco de ânimo para a entrevista marcada para a tarde.* Queria mesmo era almoçar, mas o dinheiro vinha rareando no seu bolso, já oito meses sem emprego. Ao vê-lo, indo em direção ao caixa, a atendente fechou de forma brusca a gaveta em que ficava o dinheiro e fixou um olhar que ele já conhecia bem, era uma sequência de medo, desejo e constrangimento. Fez seu pedido, a vontade era de não pagar, *tão pouco dinheiro, lutando por um emprego e ainda ser tratado assim, como um assaltante!*

Resignação e cansaço acompanhavam Edson desde que foi demitido da loja de bebidas onde trabalhava como vigia. Certo dia, sumiu uma garrafa de uísque, "daqueles bem caros", sua função não era vigiar o estoque e, sim, as pessoas que entravam na loja para comprar. Mas o patrão o convocou para a reunião com a equipe; caso não dissessem quem furtara a garrafa "todos serão demitidos!". Olhares tensos. Do grupo de funcionários, apenas três negros, dois homens, incluindo Edson e uma senhora – que fazia a limpeza do estabelecimento. Nestas situações os corações dos pretos batiam mais forte, sabiam que os olhares sempre se voltavam para eles quando o assunto era desconfiança sobre algum roubo.

Edson tinha uma leve ideia sobre o gosto do uísque. Certa vez namorou uma mina branca, um pouco mais velha, que bebia apenas uísque. Ao beijá-la, sentia um sabor diferente. Quando estava ao lado dela, percebia os olhares admirados dos outros caras pra ele, eram bem tratados nos restaurantes que costumavam frequentar, os táxis sempre paravam, e, nas noites quentes de intimidades, a mina branca pedia a ele que batesse com força, mordesse e a xingasse. Ela queria casar, mas ele cansou do papel e sumiu sem deixar recado.

A reunião acontecia justamente na sala que servia como estoque da loja, *com o dinheiro que tinha ali em garrafas quitaria as prestações do seu apartamento. Por que uns com tanto?* Edson olhava para o chão enquanto o patrão esbravejava, dizendo que sabia que muitos que trabalhavam ali eram moradores de favelas, mas que isso não os tornava ladrões. O patrão sempre repetia que tudo que ele tinha era "à base de muito esforço dos seus familiares", que "vieram pobres para o Brasil e lutaram de sol a sol para conseguir emergir na vida". E-mer-gir – ele falava separando as sílabas. Dizia que não tolerava vagabundagens. Pela mente de Edson, enquanto ouvia o sermão, passavam as prestações do apartamento que havia comprado recentemente e que levaria muito tempo para pagar, *não posso perder este emprego.* A senhora negra começou a chorar, dizendo que nunca fora tão humilhada na vida, que queria a demissão, que se esforçou muito para educar os filhos, que jamais tinha se imaginado em uma situação daquelas, de ser acusada. Em um leve levantar de cabeça, Edson pôde perceber que além de chorar ela se tremia toda, e que estava bastante pálida. Se estivesse na sua casa levaria um copo de água com açúcar para ela, mas, ali, só podia esperar que aquele tormento acabasse. Lembrou das recomendações que havia recebido ao ser contratado para a loja, "vigie com mais atenção os mais queimadinhos", e assim ele fazia.

As vozes da reunião, armada para que algum funcionário dedurasse ao outro, ficavam cada vez mais distantes, e Edson, olhando para o chão, lembrava de uma vez que o patrão fez um Preto, que estava todo elegante de terno, abrir a bolsa de couro que carregava, "É isso mesmo, amigo, horas aqui na loja, rodando de um lado para o outro, vai ter que abrir a bolsa sim!" – disse o patrão. A cabeça dele ficava vermelha nestas situações e a voz esganiçava um pouco. "Vai ter que abrir!!!". Edson, em frente ao suposto ladrão, percebeu o olhar constrangido que mirava nele, buscando cumplicidade e ajuda. Mas não podia ceder, fazer nada, não era por ele ser negro também que daria esse mole, *não somos irmãos, e muitos pretos se embecam para poder roubar* – sabia de muitos casos contados pelos seus amigos vigias e seguranças. Fez o cara abrir a bolsa de couro, e dentro havia apenas papéis e alguns produtos de higiene pessoal; depois dos pedidos de desculpas do patrão, o cara saiu da loja, murcho, disse com uma voz fragilizada que processaria a loja. Edson e o patrão sabiam que o Preto não processaria, que aquela ferida o Preto de terno carregaria pela vida, *cada um com a sua cruz*. Ao vê-lo sair, Edson observou que o Preto, de costas, parecia um terno sem corpo se movimentando, um terno oco.

Como o silêncio tomou conta dos funcionários que estavam na reunião, o patrão mandou que todos voltassem aos seus postos, que um dia o rato da loja apareceria e acabaria na cadeia, que é onde os malandros devem apodrecer. Um suor gelado saía do corpo do vigia, que, aliviado por perceber que não havia sobrado pra ele, já conseguia até pensar em outras coisas, como a vontade de voltar a estudar mais e, finalmente, sair daquela vida. A equipe voltou ao trabalho, mas, três dias depois, Edson foi demitido. O patrão pagou todos os diretos e disse que não mais voltasse ali.

Daquele dia em diante, entrou em uma verdadeira saga para conseguir um novo emprego. Um dia, estava no ônibus, indo para uma entrevista, quando foi revistado por alguns policiais; da cena, lembrava apenas do momento em que um policial branco, muito jovem, perguntou: "Faz o quê da vida, parceiro?!" Não ter o que responder, naquele momento, o deixou gelado, e com uma voz titubeante. Inventou que era autônomo, professor de dança. Estas situações deixavam Edson mais apreensivo em relação ao seu destino. Quando as pessoas se afastavam dele na rua, quando não queriam sentar ao seu lado no ônibus, quando fechavam os vidros do carro ao vê-lo se aproximar, quando as mães puxavam suas crianças nas vezes em que ele passava perto, isso tudo o atormentava mais estando ele sem emprego. Se pegava pensando coisas que logo em seguida julgava loucas: *Quem era esse, que tantos viam nele, mas que ele não encontrava ao se olhar no espelho? Quem era esse outro que se colocava entre ele os outros, fazendo com que o medo em relação a ele fosse tão grande?* Se imaginava sendo perseguido por batalhões de seguranças negros como ele. Controlava o pensamento, sabia que não poderia dar muita vazão às divagações.

Comeu o pão, o café, largou quase todo na xícara, "amargo demais". Seguiu para a última entrevista de emprego daquele dia. A vaga era para trabalhar em uma transportadora, enchendo e esvaziando caminhões. Era negro, alto e forte, isso contaria ao seu favor – pensava. No caminho até a agência de emprego, passou por uma loja para namorar a televisão que tanto queria comprar, caso conseguisse um novo emprego. Era uma televisão enorme, seria ótima para ele assistir ao que mais lhe dava prazer. O atendente da loja se aproximou dele, era um rapazinho franzino com um cabelo atopetado e uma voz feminina "Gostou de qual?", "Não, estou apenas olhando",

"Nós parcelamos.", "Não, obrigado mesmo, só olhando mesmo", enquanto conversava com o atendente, percebia que o segurança da loja, de longe, mantinha a vigilância sobre ele, percebia também como o atendente o olhava, o mesmo olhar da mina branca. Sentiu-se sufocado, resolveu sair da loja.

Sirenes de carros da polícia que passavam em frente à loja o deixaram assustado, procurava não olhar para os policiais, vivia sempre em situação de espera para alguma dura, ou para algum momento em que alguém o apontaria na rua como responsável por algo que não teria cometido e, assim, nesta fantasia que criava e recriava no pensamento, terminaria esquecido, apodrecendo na cadeia; lembrava da fala da professora dos primeiros anos da escola "todos os pretos são iguais", da mãe "leve sempre o documentos", do pai "esteja sempre bem vestido", do avô, "um negro sem trabalho não é ninguém", lembrava, e adoecia mais.

Chegou ao escritório onde se realizaria a entrevista. "tenho trinta anos, sou formado em administração de empresas, mas nunca exerci a profissão"; a recrutadora usava uma franja loira que quase cobria completamente os olhos, mas dava para perceber, pela voz e entre os fios de cabelo, que o entrevistava com desinteresse e, em alguns momentos, até desconfiança, "trabalhei já como entregador, faxineiro e vigia de loja..."; enquanto falava, sentiu um tremor em suas pálpebras, "bilingue, em inglês", as mandíbulas pareciam querer travar, *iria perder o apartamento, que dia cansativo, quantos meses de agência em agência, enviando currículos, quantos meses esperando uma ligação, um e-mail, uma convocação*; sentia como se a sala tivesse ficado menor e mais gelada, continuou respondendo, "ouvir música, heavy metal, caminhar, ler, assistir a filmes musicais...".

A raiva que ele tanto controlava, de forma inesperada ia tomando seu corpo; "então, tá certo, Edson, entraremos em contato, caso você seja selecionado", a recrutadora se levantou e, neste movimento, o cabelo saiu um pouco da face. Olharam-se, finalmente. Os olhos azuis da recrutadora pareciam de uma boneca, sem nada dentro. Edson ficou estático, sentado. Sabia que deveria ir embora, que foi para isso que ela se levantou, que este era o código, mas não conseguia se mover, as solas dos pés doíam, o estômago parecia estar em chamas. O olhar frio e desinteressado da recrutadora logo se transformou em medo e, nesse estado, ela saiu da sala em direção à outra sala, onde ficava um aparelho telefônico.

Na mente de Edson, duas grandes telas abriam-se; em uma, a jovem loira de franjas saía apavorada da sala em que o havia entrevistado e ligava para o segurança do prédio; em outra tela, um pouco maior, um menino negro, trancado no quarto, escondido dos seus pais, imitava passos de balé – que, tendo visto poucas vezes na televisão, tratou de registrar na memória. Sonhava que faria uso deste treino, no que conseguiria construir como o resto da sua vida.

CHAMAS

Da cozinha, Clarice ouvia o barulho das crianças na sala. Tentava cozinhar o pouco que tinha com muito esmero, buscando transformar esse pouco em algo que trouxesse alegria para as suas três meninas. Era o aniversário de Márcio, as meninas estavam animadas, não viam a hora de o pai chegar, e ele demorava. Não sabia se havia ficado mais tempo no trabalho, ou se, como de costume, teria parado no bar. O fato é que sempre havia um motivo para que ele se unisse aos amigos, e passasse o fim do dia entre eles, conversando sobre a vida de outras pessoas, falando sacanagens e elogiando mulheres que passavam pela rua. Chegava em casa exausto, cheirando a cerveja, cigarro e suor; falava pouco, muitas vezes caía na cama sem banho. Abraçava-a, dormia, roncava alto. Queria que hoje não fosse assim, se não por ele, mas pelas meninas que o aguardavam. Fizeram um bolinho simples, sem confeito; desenharam e cortaram pedaços de papel em formato de coração, pintaram de vermelho. *Como elas amam a este homem que tão pouco as valoriza, chega a doer.*

As meninas pulavam no sofá, jogavam umas para as outras as bolas coloridas, que encontraram na gaveta – restos de outros aniversários – e que encheram ao seu jeito; estavam intensas no desejo e expectativa de abraçar o pai. *Se ele não chegar logo.* Tão poucos anos de casada e o sonho havia se tornado aquela coisa morna e grudenta em que se via inserida e presa. Márcio não a tocava mais, e quando partia dela o desejo de um carinho, ele se afastava. Embora vivesse em crises solavancadas de ciúmes, olhava o corpo da esposa sem desejo. Apenas nesses momentos, de ira e agressividade, parecia, perto dela, estar vivo. Bem diferente de quando o conhecera e se encantara profundamente. Ele era um homem forte, altivo, de voz grave, linear e assertiva. Se encontravam à noite, depois do trabalho, namoravam bastante e muitas vezes, na falta de dinheiro, se amavam na rua. Dizia que sentia-se em casa, quando dentro dela, e ela sorria mansa, satisfeita. Faziam lanches baratos, sonhavam bastante. Márcio queria ser oficial, estudava para isso; Clarice, queria ser professora. Ele parecia ter tudo tão planejado mentalmente que não foi difícil para ela embarcar em seu sonho e casar-se com ele.

Ainda no primeiro ano de casamento, sempre que Clarice se aproximava de algum homem, fosse um familiar, um vizinho ou um amigo, Márcio se irritava. Os escândalos na porta da loja em que trabalhava foram tantos, que ela resolveu largar o trabalho; ele gostou. Logo vieram as meninas, três. Clarice lembrava com mágoa do desânimo do futuro pai, quando contou que esperava três meninas.

Desligou o fogo, *pronto!* Agora era espera-lo chegar. Por ser verão, as lâmpadas estavam cheias de insetos, as meninas gostavam de colocar uma bacia com água na direção deles e vê-los cair, e com isso elas foram se distraindo. Passada a graça de brincar com os insetos, resolveram ver televisão, reclamaram de fome, comeram, e depois de algum tempo, acabaram dormindo. Clarice diminuiu o volume da televisão, acolheu como pôde as três meninas sobre o seu corpo. Lembrou de quando fora sozinha ao hospital para tê-las, e de quando, também sozinha, voltara para casa. A noite parecia mais silenciosa que de costume. *Um silêncio estranho.*

Maristela, a dona bar, era uma quarentona que cuidava bem do corpo com muita musculação e corridas. Herdou o bar do pai, gostava de ficar ali, de estar perto dos homens. Com alguns, às vezes namorava, mas não gostava de relacionamentos longos e logo os dispensava, gostava de ser livre, era muito respeitada por todos os frequentadores e mal falada por todas as vizinhas. Tinha um sentimento de amizade imenso por Márcio, "rapaz bom, educado, bom pagador, amigo de todos", resolveu oferecer uma festa para ele. Comprou carnes para um churrasco, "a bebida é por conta de cada um".

Genival, amigo de infância de Márcio, também estava por lá; os dois viviam juntos, Márcio socorrera diversas vezes o amigo, fosse por questões de falta dinheiro, para levar algum familiar ao hospital, ou até mesmo nas obras que Genival sempre fazia na casa; fosse o que fosse, o braço amigo do Márcio estava lá, tornando o braço do outro mais forte. Sentiam-se imbatíveis. No futebol, harmonizavam os toques até chegarem ao gol. Na vida, um servia de álibi para o outro em relação às escapulidas que viviam dando em suas esposas. Chegaram até, por alguns meses, a dividir a mesma amante,

A Nildinha da rua Três. Ao descobrirem a coincidência, perderam juntos o interesse por ela e cada um seguiu em suas aventuras individuais, sem nunca conversarem sobre terem dividido concomitantemente a mesma mulher.

Nildinha também estava na festa de Márcio, fez discurso nos parabéns, falou dos problemas do bairro que ele conseguira resolver indo incansavelmente à prefeitura; dos brinquedos da praça que ele sempre pintava, e até das festas em que ele 'era o cabeça', animando todos para participarem. Nildinha estava bastante alterada, falava alto e, na hora em que cortou o bolo, entregou um pedaço na mão do aniversariante, sussurrando, "leva pra sua mulher, aquela sabe se divertir". Márcio segurou firme no braço de Nildinha; Genival e Maristela conseguiram desvencilhá-la, que saiu pelas ruas, com as mãos sujas de bolo e uma mancha vermelha no braço muito branco. Maristela foi dando um jeito de ir encerrando a festa, "Vá pra casa, homem! Amanhã é dia de trabalho." Ele ouvia muito o que vinha de Maristela, mas preferiu beber as saideiras com o amigo, que o olhava com lealdade e ternura. E, assim, as luzes do bar foram pouco a pouco sendo apagadas até o barulho da porta de ferro correndo no trilho e o estalo do cadeado.

Quando a porta se abriu, Márcio bufava, olhos arregalados, parecia um mostro. As meninas acordaram assustadas, mas, assim que despertaram, foram abraçar o pai, que as afastou; duas começaram a chorar, outra correu para o quarto, se escondeu debaixo da cama do casal. Clarice observava, queria proteger as duas meninas, que correram em sua direção e abraçaram forte a mãe, mas se preocupava com a outra que correu para o quarto. "As meninas fizeram esse bolo pra você, Márcio, queriam cantar parabéns", – falou baixo e serena; ele a olhou e fitou seu corpo com uma expressão de desejo e horror, "Vagabunda!", foi até o quarto, abriu o armário e começou a pegar as roupas de Clarice e jogar no chão. Debaixo da cama, a menina via as peças caindo e, em um ato de coragem, puxava algumas, sem que o pai percebesse. Viu os pés da mãe entrarem no quarto, "Chega! Deixe minhas roupas! Não aguento mais este inferno!", a menina ouviu um barulho de tapa, e um silêncio por uns instantes. Viu o pai saindo do quarto levando as roupas, saiu de baixo da cama e disse rápido para a mãe que havia escondido algumas peças; a mãe, estática, olhava para a parede.

A menina foi até o quintal, nos fundos da casa, e viu uma imensa fogueira com as roupas da mãe; o pai, também estático, olhava para as chamas. A menina ouvia o choro das irmãs na sala, sabia que precisava fazer algo. Em seu peito frágil de menina, o coração batia tão forte que parecia que iria explodir. Correu para dentro de casa e trancou a porta da cozinha. Viu a mãe na sala, colocando algumas roupas em um bolsa, entendeu, foi à sala levar água para as irmãs, queria ser mais rápida, ter pernas maiores.

Quando ouviu o primeiro soco de seu pai na porta da cozinha, *ele é tão forte que conseguirá derrubá-la*, no mesmo momento ouviu o chamado da mãe, "vamos, meninas!", e em seguida o estrondo da porta no chão.

– "Vão, meninas!" – gritou a mãe. Rapidamente Márcio alcançou Clarice e entortou seu braço, jogando-a contra a parede, o barulho do corpo em contato com a parede era seco, sem eco. Duas irmãs correram para a rua, levando a bolsa com as poucas roupas recolhidas. A menina via a mãe chorar, sendo imprensada na parede, o pescoço parecia que ia quebrar, "quem você pensa que é para bater na minha cara! Fala, Clarice!"

A menina correu até a cozinha, abriu as gavetas e voltou segurando uma faca enorme, mal conseguia segurá-la, usou as duas mãos. Márcio ao ver a filha com uma faca apontada para ele, largou a esposa e se voltou para filha, "Você quer matar o seu pai?!" A menina, confusa e assustada, não sabia o que responder, o pai nunca lhe parecera tão grande, "Você quer matar seu pai? Responde, menina!!!"

– "Porco!", o grito de Clarice, seguiu-se a um cuspe no rosto de Márcio, "Você não vai nos matar! Você não vai nos matar! Você não vai...!" Era um grito tão forte e alto, que poderia acordar a todos do bairro.

Enquanto via a mãe berrando com o pai, a menina, com a faca nas mãos, confusa, pôde perceber luzes vermelhas piscando no seu portão e homens uniformizados que entravam pela casa; eles sorriram ao ver a menina, tão assustada, segurando uma faca; pareciam estranhamente insensíveis ao que acontecia naquela sala, e até um tanto divertidos. Levaram o pai para fora da casa, onde já se encontrava seu amigo Genival, alguns vizinhos, e suas irmãs sendo cuidadas por algumas vizinhas. Tentavam conversar com ele. Faziam perguntas. O homem apenas olhava para o chão, nada respondia. Fizeram-no entrar no carro.

Dentro de casa, Clarice olhou firmemente nos olhos da filha, tirou lentamente a faca das mãos da menina, a abraçou, cúmplice, grata. O coraçãozinho parecia não querer se acalmar, a mãe teve paciência, ficou um tempo abraçada, esperando a respiração da filha reencontrar o seu ritmo. E, então, ela a levou para o quintal; sentaram-se, de mãos dadas, olhando em silêncio a fumaça que da fogueira de roupas subia em direção ao céu.

ELA DESATINOU

Era imenso e ela queria cortá-lo. No seu único relacionamento duradouro, o marido de Denise só dormia com as mãos em concha, guardando-o. Andava pelas ruas sob o sol quente. As solas dos tamancos, já meio tortas, de tão gastas, faziam com que andasse de um jeito muito específico, entre o manco e o rebolado, e, de quando em quando, parecia que iria cair, mas logo se reequilibrava e seguia com um olhar firme para a frente, como se visse algo, um destino, uma imagem que apenas ela parecia perceber e seguir.

Tentava escondê-lo nas roupas transpiradas que usava naquele dia, mas o incômodo era enorme. Carregava uma pasta com documentos embaixo do braço. As roupas pareceriam de uma senhora desinibida. Alguns homens pobres e mais desprendidos faziam piadas, algumas delas, se ela levasse a sério, lhe poderiam render um programa ou um espancamento. Vivia alucinadamente nesta gangorra. Assim, a partir de piadas, conheceu alguns homens interessantes, mas, também assim, tocou o amargo da vida.

Lembrava que na juventude, quando ainda se relacionava com meninas, este era um assunto recorrente entre elas, as que aguentavam, as que já tinham experimentado. Quando ia à praia, quando andava na rua, o olhar sempre seguia na direção de algo que ela tentava esconder, parecia que ele sempre chegava antes dela, e dele ela até sentia certa inveja, pois se destacava e provocava atenção e afetos, que ela, sem ele, julgava que jamais provocaria.

Ela se batizou Denise na primeira vez que se apresentou em uma boate no Centro do Rio de Janeiro. Fora levada pelo namorado, Olímpio era o nome do velho. Em alguns momentos tinha nojo quando a boca úmida de Olímpio e seu cheiro de perfume antigo se aproximavam. Mas o fato é que com Olímpio tinha companhia para ir ao cinema, ao teatro, e aos restaurantes caros, um mundo que a vida que levara até então, distante dos centros de tudo, não permitia.

Na cidade em que morava, o que lhe restava era a hostilidade da família, que em olhares e comentários criticavam seu jeito fluido, ora mais masculino, ora bem feminino. Os irmãos e primos se incomodavam com o sucesso que Denise, nessa época ainda conhecida como Denis, causava entre as meninas. Uma delas, apesar do assédio das outras, era com quem ele sempre dividia momentos de solidão, carícias e prazeres. No dia em que completou dezoito anos, a moça se declarou grávida; Denis decidiu que precisaria sair daquela cidade, e ser inteira, o que ali só se desenhava como possibilidade, "Não tenho como, preciso seguir"; deixou a menina chorando, bandeiras se desmanchando nos cantos escuros da praça em que costumavam se encontrar para conversar, fumar e se enrolar.

No Rio de Janeiro a vida não estava sendo fácil, afetivamente sentia-se perdida, não queria mais se envolver com meninas e apenas encontrou um trabalho na área de limpeza; passava o dia limpando banheiros de hospitais, o que estava bem distante do que planejara para sua vida, brilhos e *glamour* não havia, apenas os cheiros de urinas e fezes, e os olhares tensos dos homens, que entravam nos banheiros sempre parecendo estar em busca de algo, como se ali fosse um território propício para algum tipo de aproximação, *transar no banheiro, nem pensar* – refletia com uma expressão exagerada de asco. Fora do banheiro, quando andava pela cidade, os olhares voltavam-se sempre para o volume que trazia entre as pernas, nunca olhavam para o seu rosto.

Alguns homens, até bem bonitos, se aproximavam; eles mordiam os lábios e miravam na diagonal.

Muitas vezes apertava-o tentando que ele se esmigalhasse, mas, ao sentir muita dor, desistia. Nos dias mais desesperados de carência, tomava forçosamente alguma bebida barata e se entregava aos desejos dos outros, para, logo depois, se sentir triste e vazia, e voltar para o quarto que dividia com mais quatro meninas, e chorar bem baixo para não as acordar. Sabia que esses homens deliciavam seus fetiches no seu corpo avantajado, alguns ainda pediam que medisse; chegou a cuspir em um que surgiu com uma régua. Esses homens jamais se imaginavam ao seu lado conversando em um café, viajando em lugares bonitos, ou, até mesmo, em uma tarde de sol na praia, *juntos*. Ter esta certeza ia fazendo Denis perder as forças da esperança, *quando esta vida que desenhei na cabeça ao deixar tudo para trás vai começar?*

Limpava as pias do banheiro, quando um homem lhe ofereceu dinheiro para acariciá-lo e beijá-lo. Diante da sua negativa, o homem se aproximou e o tocou. A sensação que teve foi de um vento frio entrando pela boca e percorrendo todo o corpo, não enxergou mais nada e, quando voltou a ver, o homem estava no chão do banheiro, olhando assustado. Denis saiu correndo do banheiro, chorava, seu corpo grande de menino que acabara de abandonar a adolescência, mesmo que se esforçasse para que não, tremia. Saiu do hospital, atravessou a rua, parou em um boteco em frente, e, enquanto se acalmava, ouviu uma voz mansa, segura e madura ao seu lado, "Quer um café?"; ao se virar, viu um senhor, sessentão, olhando fixamente nos seus olhos, era a primeira vez que alguém o olhava.

Olímpio já trazia na pele as manchas da velhice, os olhos pareciam meio opacos, mas os dentes eram feitos e proporcionavam um sorriso que, em alguns momentos, até parecia jovial. Aceitou o café, e ali nasceu uma estranha amizade. Olímpio começou a circular com Denis nos lugares mais interessantes e exóticos da cidade, parecia que lhe queria ensinar algo, que Denis não sabia ao certo o quê. Circulavam por bares e boates e, certa vez, Denis viu surgir no palco de um inferninho um homem magro e musculoso, vestido de mulher, em um vestido prateado, cantando de forma bem lenta uma música que nunca tinha escutado, mas que, naquele momento, julgou como uma canção antiga, "Ela desatinou, viu morrer alegrias, rasgar fantasias, os dias sem sol raiando e ela inda está sambando..."

Era Talma, uma transformista. Talma era famosa por ter enfrentado com vigor os anos de chumbo, debochando da dor e ajudando na resistência. Os olhos de Denis se encheram de lágrimas, a forma como Talma se apresentava, a firmeza, os gracejos e a mulher que havia naquela imagem brilhante na sua frente a deixaram encantada. Sim, era isso que ele queria. Era isso que buscava. Na semana seguinte, já se apresentava como Denise, na mesma boate. A música escolhida foi a mesma que ouvira na semana anterior, "Ela desatinou". O sucesso foi imediato, poucos homens gays negros aventuravam-se no mundo do transformismo; Denise era um acontecimento. Olímpio não se incomodou com a transformação de Denis em Denise; havia sido casado por décadas com uma mulher, tinha até netos, que pouco o visitavam; tratou logo de convidar Denise para morar com ele; inventaria que ela era sua assessora, o que não queria era perder sua paixão. Em pouco tempo Denise deixou de ser apenas uma expressão artística, e no dia em que pisou na casa do marido, via-se uma mulher.

O carinho e os cuidados de Olímpio compensavam o fato de ele estar bem distante do homem jovem que ela fantasiava como marido ideal para a sua vida. O velho tinha a estranha mania de dormir com as mãos em concha, guardando o fruto de que Denise não fazia uso.

O que Denise não esperava é que em seu mundo de cetim, tudo pudesse mudar tão rápido. Olímpio, por pressões de familiares, que temiam que ele deixasse alguma herança para a sua "nova e estranha assessora", tratou de interná-lo forçadamente em um asilo. Nem o endereço Denise conseguiu descobrir, "Eles são assim, querida, eles podem tudo", disse Talma, experiente, enquanto tentava mostrar um pouco da realidade para a jovem estrela da noite. Com o sumiço de Olímpio, Denise viu morrer alegrias, e seu elogiado número cantando "Ela desatinou" passou a angustiar quem assistia a apresentação. Ninguém a queria triste ao lado, bandeiras se desmanchando em seu peito. Ainda teve poucos e breves relacionamentos, e, para sobreviver, passou a fazer atendimentos na rua.

Nas ruas, as outras meninas sentiam certa inveja, pois a fama de Denise corria, rapazes grosseiros passavam de carro, contratavam seus serviços, muitos não pagavam; além destes, homens imponentes, empresários, trabalhadores sujos e até mendigos formavam sua clientela; cada vez mais perdia a vontade de se apresentar nos palcos das boates, passou a se drogar, perdeu alguns dentes. Em uma noite de pouco movimento, em que nem todas as meninas foram trabalhar, um grupo passou e jogou um saco cheio de urina sobre o seu corpo. O cheiro da urina lhe fez lembrar de quando tudo começara, *nesta cidade árida*, dos banheiros dos hospitais. *Quanto tempo? 20 anos?*

Naquela madrugada o expediente estava encerrado, já tinha tão poucas roupas *e agora ainda a enchem de mijo*. Comprou uma garrafa de bebida barata no boteco perto do ponto e foi se embriagando, andando pela rua até em casa, *como entrar em um ônibus fedida assim?* Andou cerca de duas horas, pensativa, e em alguns momentos falando sozinha na rua; se alguém a visse a julgaria louca, mas nas ruas em que caminhou, ninguém passava. Chegou ao quarto que alugava em uma vila na parte pobre da cidade. Deitou na cama e apagou.

Acordou com o barulho das batidas na porta do quarto. Alguma claridade da manhã vazava pelo telhado e pelas frestas da janela e da porta. A dona dos quartos da vila, com uma voz ameaçadora e debochada lembrava a ela do aluguel que estava em atraso e entregava um bilhete que alguém havia deixado na noite anterior. "Preciso de ajuda, prenderam o Maneco!" No bilhete, abaixo da frase, um endereço. Denise foi até uma gaveta e pegou uma pasta de papel; dentro, alguns documentos. Saiu pelas ruas, o sol daquela manhã a fazia transpirar bastante, as solas dos tamancos, já meio tortas, de tão gastas, faziam com que andasse de um jeito muito especial; entre o manco e o rebolado, andava apressada; quem passava perto, sentia o odor, se assustavam com a maquiagem desfeita, e com o fato de que ela cantava triste e baixinho uma canção. Quem a visse de costas, ao longe, com seu andar desequilibrado, pelas calçadas daquela manhã ensolarada, poderia até imaginar que ela estava sambando.

MIRAGEM

"O que pude perceber daqui é que quanto mais ele nadava para socorrê-lo, mais ele afundava, não podíamos fazer nada, não sabíamos nadar. Não conseguíamos ver o outro que ele buscava. As ondas aqui são muito fortes! Lembro que o dia estava lindo, o céu e o mar de um azul deslumbrante, gaivotas desenhavam voo. Um vento frio soprava a areia clara e fina para os nossos corpos. De repente, naquele final de tarde, ver aquele homem se afogando, em desespero, para salvar o outro, me fazia querer ter junto ao meu corpo quem eu mais amava. Então abracei meu filho com muita força, e vendo aquele homem, bravo, no mar, se matando para salvar do afogamento alguém que só ele conseguia ver, morrendo com ele, naquelas águas salgadas, geladas, fazia tudo me parecer como uma espécie de miragem."

Joaquim não sabia ao certo como seriam seus próximos dias naquela cidade em que escolhera para morar; 23 anos, primeira vez que moraria longe da família, entendia-se livre, longe dos seus, pronto para um salto de felicidade. Nos sonhos de Joaquim, havia uma organização da vida em que tudo se encaixava: viver próximo do mar, bom emprego, um apartamento bem organizado e perfumado, tudo pronto para receber a chegada do amor, sim, o amor chegaria para Joaquim, não era possível tanto sonhar e, com isso, não fermentar a vida.

A certeza da chegada do amor, fez com que ele não estranhasse que, ao ir jantar na casa de Késia, sua única amiga da firma de decoração, ele recebesse um olhar de aconchego, por detrás dos olhos mais verde-castanhos que em seus sonhos de juventude imaginaria encontrar. Era Leandro. A história de vida de Leandro cabia em duas linhas mal escritas de um caderno ginasial. Foi o melhor jogador de futebol do colégio, estudou engenharia – como o pai desejava –, arrumou um bom emprego, casou na igreja e teve quatro filhos.

Como o intervalo entre cada gravidez de Késia era pequeno, nos últimos 9 anos de vida, Leandro esteve voltado para cuidar da família, engordou 15 quilos, deixou a barba dominar o rosto, bebia bastante, curtia rock de décadas passadas, tentava sem sucesso ter bebidas importadas em casa, bebia todas com os amigos da construtora, enquanto falavam sobre pontes, obeliscos, prédios cada vez mais altos, carros, cachorros, churrascos e mulheres.

O olhar de Leandro para Joaquim naquele jantar em que Késia comemorava seu aniversário trazia um açúcar, que só as músicas mais românticas, que tocavam naquele jantar, conseguiriam traduzir.

Não houve hesitação por parte de Joaquim. Ele sabia que algum dia ele chegaria, apenas não imaginava que com 4 filhos pequenos e um tanto parrudo, mas o que importava era que só o seu príncipe lançaria aquele olhar meio açúcar meio vodca pra ele.

Não foi preciso muito esforço da parte do jovem decorador para que começassem a ocorrer encontros amorosos entre os dois nas tardes daquele inverno da cidade praieira, turística, porém vazia naquele período do ano.

Nos chalés mais recônditos da cidade, os dois se amavam bravamente. Para Joaquim, tudo estava no seu lugar, mas, depois de poucos meses, o olhar de Leandro, antes meio açúcar meio vodca, foi ganhando novas expressões. A resignação de Leandro, dava espaço para expressões que oscilavam da ternura à ira. O fato é que Leandro, após algumas semanas em que se entregara para Joaquim, começou a se sentir vulnerável. E Joaquim não previa vulnerabilidades em seus sonhos de encontrar seu homem.

Leandro não mais se sentia bem entre os seus; se sentia sem lugar. Dentro de si, o susto do amor o golpeava dias e noites. Como proceder ao lado da família e dos amigos quando só se sentia em casa perto de Joaquim? Via seu Leandro anterior sendo asfixiado aos poucos pelo Leandro serelepe que saltava de dentro dele, querendo carinho de homem, afago, "braço quente em torno ao pescoço".

Késia, embora muito ocupada com os trabalhos na firma de decoração e os quatro filhos, sacou que abrira a porta do seu lar para uma cobra chamada Joaquim. O jovem, empoderado pelo amor de seu homem, passou a frequentar periodicamente a casa do casal, sempre soltando farpas sobre a aparência da amiga-rival. Percebendo com seu olhar de mulher que Leandro era só afeto com Joaquim, Késia foi minguando em desconfianças, entre olheiras, inchaços e desamor. Como a irritava ver o brilho no olhar do marido, que saudade sentia do seu homem *duro, melancólico, assertivo e frio*. Leandro agora era só dúvidas. *Não podia ser!*

A esposa, sentindo-se traída, resolveu comentar para o amigo mais tagarela de Leandro, demonstrar dúvidas, se dizer infeliz, e isso foi o bastante para que a notícia se espalhasse pela cidade. *O empreiteiro gostava da fruta!* A frase circulava nos grupos religiosos, nos bares mais bem frequentados, nos salões de cabeleireiros, nos botecos vagabundos e, principalmente, no clube náutico e nos grupos de WhatsApp.

Leandro não reagiu; silenciou, se afastou de Joaquim, "até tudo se acalmar". Dias depois, Joaquim foi visto com um estrangeiro, dividindo a mesma taça de sorvete no quiosque bacaninha da praia. Já havia um tempo que as oscilações e inseguranças de Leandro vinham minando o que para Joaquim um dia fora paixão. Semanas depois do rompimento, mudou de emprego, na mesma cidade, e se afastou da família de Leandro.

Tudo parecia ter voltado ao normal na vida do casal. Ao olhar de Késia, o olhar de Leandro respondia, com seu jeito melancólico, assertivo e resignado de antes. Nas noites em que perdia o sono, o homem se arrastava sozinho pela casa, sentindo falta de ar e frio nos pés. *Leandro estava de volta.* Suspirava vitoriosa a esposa ao lado do seu homem. Voltaram a passear mais, ir mais à praia junto com os filhos e até a ensaiar novas intimidades. Um casal feliz.

Certa vez, caminhando pela praia com as crianças, Leandro viu quando elas correram para abraçar *o Tio Joaquim*, e preferiu ficar distante. Nó no peito, sede imensa e sorriso no chão. Do ponto em que estava parecia que a imagem de Joaquim, sob o sol, surgia e se apagava, como uma lâmpada queimando.

Passeava pela praia, quando ouvi da moça que olhava fixamente para o mar, palavras como "O que pude perceber daqui é que quanto mais ele nadava para supostamente socorrer o outro, mais ele se afundava, então, vendo aquele homem, no mar bravo, se matando para salvar do afogamento alguém que apenas ele conseguia ver, tudo parecia como uma espécie de miragem".

A FESTA

Não sabiam mais precisar quando começaram a se reunir nos aniversários de Tigre, mas o fato é que fazia muito tempo "Eu acho que em noventa e seis", dizia uma, entre um gole de *caipivodka* de maracujá e uma risada estridente, "não, não, acho que em noventa e oito, eu estava grávida de Caio, Caio já está para casar", dizia outra, controlando a respiração em um corpete que lhe comprimia os músculos flácidos e o corpo disforme. Tigre era celebrado por aquele grupo de cerca de oitenta pessoas que se encontravam uma vez por ano para beber, dançar e esquecer, pelo menos no período de duração da festa, que o tempo estava passando por eles.

Fernando, quando começou a frequentar a festa, foi convidado por Mário, um amigo, que já não estava entre eles. Desde a primeira vez que participou da festa, se enturmou com o grupo, e no segundo ano já estava participando por conta própria. E, como quase todos os outros homens convidados, se preparava alguns meses antes para estar bem naquele dia mágico de reencontros.

Este ano, Fernando foi acompanhado do filho adolescente, que não via a hora de participar da festa do Tigre e poder azarar as mulheres mais velhas que frequentavam o evento. Logo ao chegar, o jovem se afastou do pai e se misturou à onda de alegria, temperada com cerveja, drinque, uísque e vinho, que envolvia a quase todos. Tigre completava cinquenta anos; o aniversariante havia caprichado, o grande salão esfumaçado, as luzes coloridas, o som absurdamente alto, tudo era *over*, talvez para 'dar uma forcinha' à energia dos mais velhos, para conseguir distraí-los das bagagens cada vez mais pesadas que a vida lhes impunha, o que lhes fragilizava os músculos e tornava os sorrisos da alma cada vez menos verdadeiros e vibrantes.

"Uma euforia triste", disse Manoel, dois anos antes, quando, após beber meia garrafa de vodca, achou de ficar nu no meio do salão, chocando os poucos que se mantinham meio sóbrios, meio sonolentos às três da madrugada da brava comemoração. Tigre achou graça, ele era o dono da festa, se ria, todos riam; coube ao Fernando tirar o amigo do salão e levá-lo para uma ducha fria no banheiro que havia nos fundos. *Quantos anos se conheciam?*, quase não se falavam, trocavam, por anos, sorrisos cúmplices e palavras soltas "E aê?", "Tranquilo?", "Pô, vi a foto do seu filho", "E a Carlinha? Pô sua esposa é parceira demais", "Mande um abraço!", "Não sei o que seria de mim sem essa festa", *quantos anos já dessa amizade, tantos sonhos.*

No ano seguinte a hilária cena de Manoel nu no meio do salão, Fernando passou a festa com o pescoço esticado, sorriso amarelo, braços que insistiam em se cruzar e tédio, "Esse ano tá meio fraco, não?", comentava baixo com um amigo, sem que Tigre ouvisse, "Deve ser a crise, cara, sempre é a crise, por isso que eu bebo", respondeu o outro, que, ao beber, esquecia da postura e deixava uma barriga cinquentona e saliente vazar da camisa justa. "Já peguei três!", falou e saiu, derrubando cerveja em um, tropeçando em outro, sorrindo sem fim.

"Uma euforia triste", as palavras ditas por Manoel – enquanto Fernando tentava mantê-lo embaixo do jorro forte e gelado da água que saía do cano, chuveiro improvisado –, não lhe saíam da cabeça. Na festa deste ano, esperava reencontrá-lo. Por um momento, se ateve a observar os movimentos dos convidados, os cheiros exagerados de perfume, que se misturavam ao cheiro de suor, de bebida e dos hálitos de quem gritava, de quem cantava; as mulheres, cada vez mais maquiadas, cada vez mais montadas, pareciam outras, mas mantinham-se animadas, *o que teria por baixo de tanto cabelo implantado, e de tanto pó e cremes; estariam sorrindo, ou apenas pintavam um sorriso sobre os lábios?*, já os homens não podiam fazer uso dos mesmos truques, contavam apenas com o enrijecer dos músculos em academias, discretos implantes capilares e a escolha certa das roupas para parecerem mais jovens e mais fortes. "Esta festa é uma salvação! Quanto tempo tem mesmo?", perguntava uma loira de minissaia e cabelo implantado, "Eu lembro que na época, não, na época ....", não esperou Fernando responder, soltou sozinha uma gargalhada e seguiu.

Fernando tentou beber, mas não conseguia, estava se sentindo sem lugar, as horas pareciam estar passando depressa demais, duas da madrugada, momento em que a festa sempre atingia seu auge, e nada. Não estava se sentindo bem em nenhum lugar do evento, todas as conversas o estavam irritando, lembrava da voz da esposa "Você está ficando um velho chato!", talvez estivesse mesmo, Carlinha talvez tivesse razão, é difícil saber quando a graça se esvai dos olhos, e a quem ela resolve abandonar, até mesmo porque, ao que parecia, não tinha abandonado a alguns outros, como ao Tigre, que neste momento, dançava no palco com uma mulher que algum dia deve ter sido rainha de bateria de alguma escola de samba menos prestigiada. Tigre era assim, irradiava e conseguia esta mágica de manter um grupo tão grande se reunindo anualmente por anos e anos, para brindar, para dançar, para se reconectar e esquecer...

"Velho e chato!", Carlinha sempre dizia isso quando Fernando não queria fazer suas vontades. Quando ouvia essa frase, algo dentro dele se reduzia, algo de sonho, algo que ele esgarçava para se manter vivo, para cuidar do filho, da família, dos pais, estes sim, já muito velhos, "Não se é velho, enquanto se tem pai e mãe..." – disse o Jura, meio reflexivo. Jura era uma figura, *figuraça*, bebia e começava a virar o pensador, além de se jogar para os outros caras; era hilário, ninguém o levava a sério, sempre terminava a festa dormindo em algum canto da pista. Nos últimos anos, tinha entrado para a igreja a fim de satisfazer a mulher e os filhos evangélicos, mas dizia que a festa era a sua religião maior "da festa não abro mão".

Na confusão da festa, Fernando trombou com seu filho, que deixou com ele o celular, a camisa e a carteira, "Pai, te amo", e saiu com a firmeza de quem não tem tempo a perder, olhou pra trás e gritou "Não vai embora sem mim!".

O peito aperta, como era bom vê-lo assim, tão inteiro e tão alegre, como era bom ensinar coisas tolas e coisas importantes para o seu filho e vê-lo feliz. Quase chora; nesta altura da celebração ninguém se importaria, mesmo porque, depois de umas e tantas outras, confissões eram feitas, os abraços ficavam mais apertados, e o choro vinha, livre, em diversos pontos do salão "Perdi minha mãe faz um mês, nem sei o que estou fazendo aqui, mas estou", dizia Neusa, apagada, depois de muito dançar, "E ela dizia que me amava...", desabafava Cláudio, entre um gole e outro de uma bebida, que lhe entregaram, mas cujo sabor não conseguia identificar, enquanto seu rosto se banhava de lágrimas. Mas nem o quadro, dramático para alguns, divertido para outros, libertava a pedra que parecia querer romper osso, músculos e pele e sair para fora de Fernando. E, então, o homem chorou pra dentro, como lhe ensinaram os pais.

As primeiras claridades do dia começavam a transformar o que se via no salão já meio vazio. Poucos resistiam; cada vez mais, poucos conseguiam chegar até o final da festa, "Lembra de quando amanhecia e a gente começava um pagode improvisado?!" – falou o Jura, antes de desabar sonolento no chão.

Fernando foi para a rua, olhou para o céu clareando, não sabe onde seu filho está, *deve ter se arrumado. Que nome tem este azul?*, abraça os pertences do filho. Seu corpo, por querer um abraço, em movimento inverso se fecha. Faz frio, *se ao menos eu tivesse o número*, nunca pensou em pedir número de telefone para ninguém daquele grupo, era certo que a cada ano se encontrariam, estava bom assim, *cobalto, celeste claro, turquesa, qual o nome deste azul?*

Os olhos se enchem de lágrimas, mas elas não escorrem, depois de horas de muito barulho, um silêncio estranho ao seu redor, parecia estar só, no mundo, *era tão bom vê-lo todos os anos, e agora dois anos sem você*, os batimentos do coração aceleram, uma tensão que se ameniza com o som de alguns convidados, resistentes, que saem cambaleando pela rua, *que nome tem este tom de azul?*.

Fernando sente um toque firme em seu ombro, arrepiado de frio, emoção e medo da vida, só consegue pensar, enquanto lágrimas escorrem pelo seu rosto, *azul real*.

ERETO

Cortava o cabelo dos vizinhos na praça perto de casa. Era simples, passar a máquina e 'fazer o pé', sempre aos domingos, pela manhã. O dinheiro que ganhava, gastava todo com Caroline, no mesmo dia, à tarde. Não se incomodava com os caras que apareciam com as cabeças suadas, sujas; algumas com piolhos. Era atencioso com as crianças que choravam por não quererem cortar o cabelo e com as outras que dormiam, calmas; o sono fazendo a cabeça tombar diversas vezes, enquanto ele tentava equilibrá-las pelo pescoço, para dar logo fim à tarefa. Corte com tesoura não sabia fazer, era autodidata, e só trabalhava com corte à máquina. O pai de Caroline também cortava com ele o pouco cabelo que tinha, eram apenas uns fios que surgiam nas laterais da cabeça e que o velho teimava em tirar, todos os domingos; dizia que não precisava pagar já que Ryan, que vira crescer, namorava a sua filha. Sempre brincalhão, chegava cedo e passava a manhã ali, conversando com os outros homens, naquele espaço improvisado. Alguns homens levavam jornais, outros apareciam vestidos com as camisas do time do bairro; cortavam o cabelo e seguiam para a partida no campo do futebol. A fila de motos estacionadas, alinhadas, era grande. Algumas poucas mulheres levavam seus pequenos, e estas tinham prioridade e logo seguiam; outras surgiam, tensas, de chinelo na mão, mandando os mais jovens para casa, "o almoço está pronto!"

Ratinho, amigão de Ryan, percebendo o movimento que a barbearia ao ar livre trazia, resolveu propor uma sociedade, colocar uma caixa de som e vender bebidas. Tidinha, que também crescera com os meninos, resolveu fazer as unhas das mãos e dos pés dos homens. Alguns se negavam, não por entenderem que cuidar das unhas não fosse coisa de homem, mas por não aceitarem que o moço lhes tocasse, achavam que ele, na verdade, queria se aproveitar e inventara o ofício para tocar-lhes mãos e pés. Destes que se negavam, muitos já tinham percorrido o corpo de Tidinha, em momentos de carência, bebedeiras, e, principalmente, nos bailes de carnaval, que também aconteciam naquela praça. Na altura do seu um metro e oitenta e seis, pernas grossas, pele macia e um corpo curvilíneo, Tidinha era discreto, não contava sobre quem esteve ou não com ele, apenas gostava do movimento e da possibilidade de ganhar algum *l'arjan* nas manhãs de domingo, além de estar perto dos amigos, Ratinho e Ryan. O apelido fora dado por Ratinho, nos tempos de escola, e, com seu visual despojado, sempre com shortinhos, unhas pintadas de vermelho e blusas com ombro caído, tornava o espaço mais animado.

Caroline, às vezes, passava do outro lado da rua, inventava coisas para comprar no comércio da praça só para ver o namorado, mesmo que de longe. Nunca se aproximava, o pai não gostava de vê-la perto dos outros homens, se sentia incomodado que tantos amigos que a pegaram no colo, agora, enquanto seu corpo desabrochava em espanto uma mulher, a olhassem com o mais descarado desejo. O corpo de Ryan se arrepiava ao ver sua namorada passar. Era um desejo sem controle e perceptível, que tentava esconder, pensando em outras coisas, tornando a respiração mais lenta, focando-se no trabalho.

O casal era ainda virgem, e isso vinha atormentando o menino. Quando a moça era olhada com desejo por homens mais velhos que ele, se sentia um lixo, um frágil, um moleque, *como quero satisfazer Caroline*! E foram muitas as insistências para que Caroline finalmente decidisse se entregar pra ele. Em um domingo à tarde, a moça apareceu decidida, seria naquele dia, não queria mais esperar, queria Ryan pra toda vida, ser dele. Não pensaram muito, pegaram um táxi e foram para um motel distante do bairro. Na portaria pediram-lhes os documentos, o casal tinha dezoito e uns meses, embora aparentassem bem menos; entraram.

O quarto era bem simples, mas para eles parecia luxuoso. Sobre a cama, toalhas enroladas em formato de cisne e coração, pequenos sabonetes, preservativos e travesseiros. O banheiro lhes pareceu enorme, e a água caía do chuveiro com uma força para eles incomum. Iam explorando cada detalhe do quarto, curiosos. O cheiro de mofo na poltrona em frente à cama, as cortinas um tanto empoeiradas. Brincaram de se ver nos espelhos distribuídos por todo o quarto, se abraçam e, ao beijar Caroline, Ryan a sentiu mole, mansa, entregue, bem diferente das noites tensas em que se agarravam na rua, ou nas poucas vezes em que, escondidos, exploravam seus corpos na casa de Ratinho, que pai não tinha e a mãe passava o dia fora, no trabalho.

As mãos magras de Ryan iam despindo Caroline e beijando seu corpo. Em alguns momentos, detinha-se lento, quase estremecia, finalmente teria sua mulher, finalmente seria homem. Enquanto o coração de Ryan acelerava, algo dentro dele não acontecia. Começou a transpirar gelado, deitaram-se na cama macia e cheirando a amaciante. Ryan, desengonçado, sem sucesso tentava penetrar a amada, mas não conseguia, perdera a empolgação, o corpo gelava e o rosto parecia de um menino assustado. Caroline, frustrada, o abraçou, *esperei tanto por este momento*, agora via seu amado desmanchado sobre a cama, como uma geleia incolor. Foram embora, silenciosos, mas cúmplices, mãos dadas.

Uma semana parecia um século, o que tornava a nova determinação do pai de Caroline um tormento, "namorar só aos domingos", uma regra que lhes pareceu sem sentido, já que tinham tanto tempo, mas que logo foi acatada. Obedeciam e até gostavam de uma voz adulta lhes dando medidas. Se não pisavam mais no solo das crianças, também não tinham encontrado o terreno da vida adulta, e assim, em suspensão, levavam a vida.

Nos domingos seguintes, o casal continuou a visitar os motéis da cidade, mas, na hora mais sublime, Ryan falhava. Com os fracassos, Caroline passou a não mais disfarçar seu descontentamento, e o jovem barbeiro, por dentro, minguava. Foi se afastando dos amigos, passou a falar cada vez menos nos domingos em que seu salão a céu aberto recebia os homens dos bairros, passou a ter raiva deles e de seus papos sobre mulher, sobre proezas, sobre tamanho e tempo. Abaixo dos olhos, olheiras profundas se formavam, mal se alimentava e os pais, preocupados, falavam que procurasse um médico, suspeitaram de que o menino passara a usar drogas. Gavetas foram vasculhadas, bolsos investigados e nada. Ryan, que já era magro, parecia quase desaparecer, o corpo adotou uma postura curvada. Caroline insistia que desencanasse, um dia iria acontecer, mas ele ficava agressivo, ainda mais por perceber que ela andava mais simpática com os outros rapazes, principalmente com Ratinho. Adoecia em fantasias de traições, onde via sua namorada desmanchar-se de prazer nas mãos de outros homens, todos eles mais velhos, mais machos e mais experientes que ele.

Se isolou, passou a tratar mal o Tidinha e o Ratinho, não conseguia se abrir com os amigos sobre seu drama. Para as crianças que choravam por ter que cortar cabelos, lançava um olhar ameaçador que as silenciava. Sem paciência para o homem que seria seu futuro sogro, passou a cobrar pelo serviço. Os domingos pareciam mais quentes e barulhentos, *Será que sou como Tidinha? Será que não terei filhos?* A cabeça do barbeiro fervilhava. Pensou em remédios, procurou outras mulheres, mas não adiantou, não conseguia. Resolveu não mais ir aos domingos na praça cortar os cabelos e também não mais encontrar a Caroline. Passava horas dentro do quarto querendo encontrar dentro de si a solução. Chorava todas noites em que passava acordado e dormia durante todo o dia. Caroline se angustiava.

Em um domingo de chuva, pela manhã, bem cedo, Caroline o chamou ao portão, o rapaz foi ao seu encontro, já decidido a dispensá-la e voltar para o seu quarto. A moça estava com um olhar diferente, seguro. Falou pouco, convenceu-o a segui-la, foram para o primeiro local em que aquela tormenta havia começado, a cama macia, as toalhas dobradas em formato de cisne e coração. O rapaz, sem forças, já não tomava iniciativa, apenas deixava ser conduzido pelo toque doce da sua namorada, que, enfim, o tornava homem. Saídos do motel, não mais chovia. Quando chegaram no bairro, Caroline disse que precisava ir logo pra casa e despediu-se do seu amado na rua, com um beijo longo.

Ryan olhou para o céu, nuvens se abriam, olhou o relógio, ainda daria onze da manhã, resolveu caminhar até a praça, daria para 'fazer algum', *abre o tempo e o povo chega para cortar o cabelo*. Estava um tanto distante da praça, demoraria um pouco, mas queria aproveitar aquele momento caminhando, todas as inseguranças haviam se dissolvido em sua mente, pisava com mais força no chão, para os vizinhos que ia encontrando no caminho, olhava com mais firmeza, sem timidez, sentia que as mulheres o olhavam de maneira diferente. *Como é bom ser homem*! Já começava a fazer planos, arrumaria um trabalho sério, construiria um quarto em cima da casa dos pais, teria um filho...

JONAS E CHICO

No dia em que os pais de Jonas se separaram, o menino ficou encostado na parede da sala, vendo toda a cena. O pai arrumando as malas, a mãe sentada no sofá, chorando. O pai olhando envergonhado para ele. O menino grudou as costas na parede verde, sentia-se preso, não conseguia fazer nada. Tinha vontade de abraçar o pai, pedir que ele ficasse, pois gostava dele, mas tinha medo. O pai de Jonas sempre brigava com ele, quando ele corria, quando ele dançava, quando ele andava, quando ele falava e até mesmo quando ele estava sentado, parado. Em outros poucos momentos, o pai aparecia animado, com uma pipa na mão, ou uma bola de futebol, chamava-o de indiozinho e o convidava a ir para a rua, brincar, dizia que o menino era muito preso à mãe. Jonas ia, mas a sensação que tinha era que, por mais que fizesse, o pai nunca estava feliz com ele. O menino se sentia como um turista no mundo do pai, que, embora dissesse que amava o filho, quando voltavam em silêncio dos passeios, parecia que não, e, neste silêncio, o menino tocava nas cicatrizes que trazia nos braços, ombros e pernas.

Viu quando o pai saiu pela sala, levando apenas uma bolsa de couro com roupas, *como ele viveria?* Viu a mãe levantando do sofá e trancando a porta da sala; depois, ela voltou-se para ele e fez com os braços que viesse se aconchegar em um abraço. "Vem, meu neguinho de açúcar!", o menino desgrudou-se da parede e foi alegre para os braços da mãe. A vida, apenas com a mãe, não era ruim. Ela pouco brigava com ele, e ainda deixava seus amigos passarem bastante tempo no apartamento, brincando e dançando. Jonas adorava dançar, sabia vários passos, ensinava para o grupo de amigos. A mãe fazia lanches, a vida naqueles anos parecia uma festa.

Até que a mãe de Jonas disse que iriam se mudar. Ela havia arrumado um bom emprego, eles morariam em um lugar melhor, uma casa com quintal, árvores. Tudo parecia bonito na fala animada da mãe, mas, mudando de bairro, Jonas também mudou de escola.

A nova escola em que passou a estudar era branca e azul escuro, alta e com janelas enormes; do telhado, viam-se pombos saindo, e um caminho de árvores ligava as salas de aula ao pátio, onde todos lanchavam e brincavam no horário do recreio. Na sala de aula, Jonas ficava olhando para a vida fora da janela. Olhando para o céu, imaginava as nuvens como palcos onde pessoas e animais dançavam sobre fumaças coloridas.

A nova escola era o pior momento do seu dia. Não conseguia se enturmar, parecia que ninguém gostava dele, sua voz, na hora da lista de presença, saía baixa, querendo se esconder. *O mundo lá fora parece tão melhor. Vontade de fugir.* O menino não conseguia nem mesmo pedir para ir ao banheiro, tinha medo da professora e uma vez, com vergonha, molhou seu uniforme. Todos riram, menos um menino, era Chico.

No dia seguinte, na entrada da escola, Jonas percebeu que um homem estava segurando a mão de Chico. Sentia-se um espião, como nos livros que lia, gostava. Viu quando o homem disse "Tchau, Chico" e passou a mão na cabeça do colega de turma, como seu pai jamais fizera. Nesse mesmo dia, na hora do recreio, Chico perguntou sobre tudo para Jonas: sua família, seus brinquedos, sua casa, o caminho que fazia para chegar à escola. Jonas começou a gostar da sua voz, enquanto respondia às perguntas do Chico e começou a sentir algo bom em voltar a se ouvir na escola. Pensou se era assim que começava uma amizade, com perguntas.

Passaram a sentar juntos, brincar juntos, fazer os trabalhos juntos, e Jonas percebeu que os outros alunos, amigos do Chico, passaram a ser seus amigos também. Chico sempre tinha algo para contar para Jonas, e contava sempre com bastante alegria. A escola passou a ser o melhor momento do seu dia. Certa vez, Chico chamou Jonas de grande amigo e lhe deu um abraço animado e demorado.

As férias se aproximavam e Jonas foi ficando triste. Os dois pareciam irmãos, embora fossem tão fisicamente diferentes; Chico tinha olhos verdes como o mar e parecia com a Renata. Certo dia, ao entrar na sala, a professora brigou quando viu três carteiras juntas no lugar de duas. Jonas, Chico e Renata. Pediu que um saísse. Renata saiu. Chico foi sentar com ela.

A professora sorriu para Jonas e assim ficou por uns

instantes. Jonas pediu para ir ao banheiro. No caminho o menino chorou forte, soluçava, estava com vergonha, não mais a que antes o isolava dos amigos da turma, estava com vergonha de algo que não sabia explicar. Não queria sentir.

As férias chegaram e todas as tardes Jonas no seu quarto, sozinho, esperava uma visita que nunca acontecia e quanto mais ele pensava nessa visita, mais ele se sentia só. A mãe de Jonas, cada vez mais preocupada, pedia que o garoto fosse para a rua, "brincar com os outros garotos". Jonas apenas pensava. Pensava no sorriso da professora no dia em que havia chorado na escola. Pensava no Chico e em muitas coisas em que não queria pensar. Olhava pela janela, os meninos na rua brincando; parecia uma dança, das que ele imaginava nas nuvens, com as pessoas, os animais e as fumaças coloridas.

Olhava para o céu tão azul, ouvia os gritos dos meninos jogando futebol e soltando pipas ao longe e dentro do peito sentia algo até então desconhecido, um aperto, um sentimento de tristeza, dizendo que, ao contrário dos meninos, que, alegres, animavam a rua, ele só conseguia sentir uma névoa no peito e, talvez, não soubesse mais brincar.

Um cheiro de bolo de chocolate se espalhava pela casa. Mas ele não sentia fome e por isso não se animou com as batidas na porta do seu quarto. A mãe de Jonas entrou e com um sorriso que apenas as mães encontram quando fazem algo que tornam seus filhos felizes, disse que ele tinha visitas. Ao chegar à sala e com o coração aos pulos viu seu amigo Chico. Sentada à mesa, a mãe de Chico comia um pedaço de bolo, e, no sofá, estava um menino que ele não conhecia. Foram os três meninos para o quintal, brincar à sombra da árvore.

O novo amigo se chamava Paulo, era animado e falante. Os meninos conversaram e brincaram até perderem a capacidade de imaginar novas brincadeiras. Em instantes de descanso, Chico se distraía. Paulo sorria para Jonas, e animado, falava sobre futebol, sobre atrizes que achava bonitas e sobre as várias músicas que gostava de ouvir. A fala de Paulo era feliz.

Olhando o velho e o novo amigo, naquele fim de tarde de verão, Jonas disse a Chico que queria sua amizade para sempre e o amigo o abraçou demorado, depois apertaram e socaram as mãos. Para Paulo ele apenas olhou sorrindo, emocionado. Poucas horas havia o conhecido, mas olhá-lo e ser enxergado por ele, fazia-o se sentir livre e feliz, como se o olhar do novo amigo abrisse portas e janelas de uma nova casa, onde ele, naquele fim de tarde, decidiu fazer de sua morada.